हवलदार बहादुर और
करामाती बकरा
चित्रांकन: बेदी ■ कहानी: विनय प्रभाकर
एक सुबह—
अरी ओ भाग्यवान! जल्दी से मेरा टिफिन ले आ। मैं साइकिल बाहर निकालता हूं, अगर आज समय पर नहीं पहुंचा तो वह ससुरा खड़गसिंह बावला हो जाएगा।
अभी लाती हूं।
आंय! यह आवाज कैसी है? साइकिल में कुछ गड़बड़ लगती है।
चीं... चूं... चीं...!
अभी देखता हूं क्या गड़बड़ है?
लोजी टिफिन...अरे, यह साइकिल क्यों गिरा दी?
गिराई नहीं है, लिटाई है। इसकी डिब्बी ढीली हो गई है, उसे टाइट करूंगा। तू जरा प्लास और पेचकस ले आ दौड़कर।
मेरी बात मानो तो मिस्त्री के पास ले जाओ।
मैं खुद बहुत बड़ा मिस्त्री हूं। तू औजार ला और देख, डिब्बी टाइट कैसे होती है।
अब यह साइकिल, साइकिल नहीं रहेगी।

कुछ देर बाद वह घर से बाहर निकले।
हा-हा-हा!
ही-ही-ही!
अरे हवलदार बहादुर जी! यह साइकिल आप पर क्यों सवार हो गई? ही-ही-ही!
ओय, हवालात में बंद करके सड़ा दूंगा, अगर खिल्ली उड़ाई तो। चल रास्ता ले अपना।
हांफते-कांपते बेचारे मिस्त्री की दुकान पर पहुंचे।
ओ भाई मिस्त्री! जरा मेरी साइकिल देखियो।
किधर है साइकिल हवलदार जी?
अबे अंधा है क्या? इतनी बड़ी साइकिल नहीं दिख रही तुझे।
ओह! खोलकर लाए हैं आप इसे।
हां, इसकी डिब्बी ढीली हो गई थी। मैं खुद ही टाइट कर लेता, मगर मुझे देर हो रही है, इसलिए तेरे पास ले आया।
इसकी डिब्बी ही क्या, हरेक चीज आपने ढीली कर दी है। इसे बनाने में तो समय लगेगा।
ठीक है। मैं दोपहर को आकर ले जाऊंगा, मगर डिब्बी अच्छी तरह टाइट कर दीजियो।
कर दूंगा जी।

हवलदार बहादुर जब थाने पहुंचे तो पूरे डेढ़ घण्टे लेट हो चुके थे।
अरे हवलदारजी! आप अब आ रहे हैं। इंस्पेक्टर साहब कई बार पूछ चुके हैं।
तो मैं अभी जाकर उनसे पूछता हूं कि मुझे क्यों पूछ रहे थे?
मे आई कम इन सर?
यह कोई समय है आने का...?
मुझे पता था, यह यहां मिर्चें खाए बैठा होगा। ही-ही-ही!
वह जी हुआ क्या, मेरी साइकिल थी न, उसकी ढिब्बी ढीली हो गई थी और उसे टाइट करने में कुछ समय लग गया।
एक बात सुनो हवलदार बहादुर! या तो तुम ड्यूटी पर लेट आना छोड़ दो या फिर यह नौकरी छोड़ दो।
क्यों मजाक करते हो साहब! नौकरी छोड़ दूंगा तो अपनी चम्पाकली को क्या खिलाऊंगा? ही-ही-ही!
तभी—
चलिए सर! हमने रेड की तैयारी करली है। जीप भी तैयार है।
गुड!
रेड यानी कि छापा। कहां मारना है सर? मैं भी साथ चलूंगा।
हां, तुम भी चलो। हम लोग शरीफ खान के चायखाने पर छापा मारने जा रहे हैं। खबर मिली है कि शरीफ खान अपने चायखाने में स्मैक और हिरोइन बेचता है।
हवालात में बंद करके सड़ा दूंगा साले को, आप देखना।

पुलिस दल थाने से रवाना हुआ।
पीं... पीं...
शरीफखान का चायखाना एक गंदी-सी बस्ती में था।
बस, यहीं रोको।
चारों तरफ से घेर लो ढाबे को।
हवलदार बहादुर! तुम मेरे साथ आओ।
चलो साहब!
चाय खाने में उस वक्त सिर्फ दो ही ग्राहक बैठे थे। शरीफखान अपने एक गुर्गे के साथ काउंटर के निकट खड़ा था।
अरे! इंस्पेक्टर साहब! कैसे तकलीफ की जनाब?
अबे ओय, तू क्या डॉक्टर है, जो हमारे इंस्पेक्टर साहब तेरे पास तकलीफ लेकर आयेंगे। हवालात में बंद करके सड़ा दूंगा साले।
तमीज से बात करो हवलदार!
अबे तमीज को तो मैं तेरी कमीज उतारकर कमर पर चिपका दूंगा। स्मैक बेचता है साले।
क्या मतलब?
एक मिनट हवलदार, मुझे बात करने दो।

शरीफखान! हमें सूचना मिली है कि तुम स्मैक और हिरोइन बेचने का धंधा कर रहे हो। हमारे पास तुम्हारे चायखाने की तलाशी का वारंट है।
आपको गलत खबर मिली है साहब!
अबे ओ, तू चुप खड़ा रह, वरना इससे छब्बीस जनवरी निकाल दूंगा तेरी।
आप शौक से तलाशी लीजिए साहब!
हवलदार! तुम इन दोनों की जामा तलाशी लो। मैं जरा उन दोनों को देखता हूं।
अभी लेता हूं जी इनकी तलाशी।
चल बे, तुम दोनों अपने पायजामों की तलाशी दो।
पायजामों की नहीं हवलदार! साहब ने जामा तलाशी लेने को कहा है यानी हमने जो पहन रखे हैं, उन कपड़ों की तलाशी।
ठीक है-ठीक है।
इस हवलदार के दिमाग का कोई पेंच ढीला है।
दोनों की तलाशी में कुछ बरामद नहीं हुआ था। खड़गसिंह ग्राहकों से पूछताछ करके वापस आया।
कुछ नहीं मिला साहब, इनके पायजामों में।
पूरे चायखाने की तलाशी लेनी पड़ेगी।

दोनों ने मिलकर चायखाने की अच्छी तरह तलाशी ली।
कुछ हो तो मिले साहब। हम शरीफ आदमी हैं, काला धंधा नहीं करते।
खबर तो हमें पक्की मिली थी, मगर यहां तो कुछ भी नहीं मिला।
अबे ओ सफेदे। तेरे जैसे शरीफ बहुत देखे हैं हमने। शराफत से बता दे, कहां छुपाकर रखी है स्मैक?
साहब! आप इस हवलदार को समझाइये। बहुत बोलता है यह?
चुप हो जाओ हवलदार बहादुर! यहां से कुछ बरामद नहीं हुआ है, इसलिए इन लोगों को धमकाना गैरकानूनी है।
आप कहते हैं तो चुप हो जाता हूं, वरना इन दोनों को हवालात में बंद करके सड़ा देता मैं।
वापस जाते हुए खड़गसिंह चिंता में डूबा हुआ था।
शरीफखान के यहां रेड करने के आर्डर कमिश्नर साहब ने भिजवाए थे। वह कच्ची खबर पर एक्शन नहीं ले सकते। जरूर शरीफखान को रेड होने की भनक पड़ गई होगी और उसने माल गायब कर दिया होगा।
आप ठीक कहते हैं साहब!
उधर चायखाने में —
आज बाल-बाल बच गये गुल्लू! सुबह-सुबह ही सारा माल बिक गया था, अगर एक पुड़िया भी हमारे पास बरामद हो जाती तो अन्दर हो जाते।
ठीक कहते हो उस्ताद! किस्मत साथ दे गई आज तो।
हां, आज तो किस्मत ने साथ दे दिया, मगर अब पुलिस को हम पर शक हो गया है और दो-एक दिन में अपना माल पहुंचने वाला है। कोई ऐसी तरकीब सोचनी पड़ेगी कि जिससे माल सुरक्षित आ जाए और पुलिस को भी संदेह न हो।
तो फिर सोचो उस्ताद!

शाम को ड्यूटी से वापस जाते हुए हवलदार बहादुर मिस्त्री के यहां अपनी साइकिल उठाने पहुंचे।
आंय! यह क्या? मेरी साइकिल बनाई नहीं तूने?
वह जी, आज कुछ काम ज्यादा था। कल सुबह बना दूंगा।
हवालात में बंद करके सड़ा दूंगा साले। पुलिस के काम में ढील डालता है।
ग... गलती हो गई जी। कल जरूर डिब्बी टाइट कर दूंगा आपकी।
थोड़ी देर बाद हवलदार घर पहुंचे।
साइकिल कहां है?
अभी ठीक नहीं हुई।
और ठीक होगी भी नहीं। सुबह तुमने उसके सारे अंजर-पंजर खोल डाले थे। बड़े मिस्त्री बनते हो, आता कुछ है नहीं।
बक-बक बंद कर। बहुत भूख लगी है मुझे।
खाने के बाद दोनों टी.वी. देखने बैठ गये। टी.वी. पर उस समय समाचार चल रहे थे।
पंजाब में आज आतंकवादियों ने पांच और लोगों की हत्या कर दी।
अगर मुझे पंजाब भेज दिया जाए तो एक-एक आतंकवादी को पकड़कर हवालात में बंद करके सड़ा डालूं।
बस-बस रहने दो। मुझे पता है तुम कितने बड़े शेर हो। वह चोर वाली घटना याद है, जब छत पर मुझे जाना पड़ा था।
चुप कर। जब देखो बक-बक करती रहती है।

टी.वी. पर समाचारों का अंतिम दौर चल रहा था।
इस महीने की आठ तारीख को मुसलमान भाइयों की बकरा ईद है। जामा मस्जिद क्षेत्र में दूर-दूर से व्यापारी बकरे बेचने लाए हैं। बकरों की इस मण्डी में कारोबार जोरों पर है। यहां सबसे अधिक बकरे राजस्थान से लाए जाते हैं।
बकरा मण्डी की फिल्म भी दिखाई गई।
ओह! कितने सारे भेड़-बकरे हैं।
सुनो जी! बहुत दिनों से मेरा मन एक बकरी पालने का हो रहा है।
बकरी... ही... ही... घर में एक भैंस कम है क्या?
मुझे भैंस कह रहे हो। बेलन लाकर खोपड़ी गंजी कर दूंगी तुम्हारी।
अरे नहीं रानी! मैं तो मजाक कर रिया था। अच्छा बता, तू बकरी क्यों पालना चाहती है?
मैंने कहीं पढ़ा था कि बकरी का दूध भैंस के दूध से अच्छा होता है। उसमें चिकनाई कम होती है तथा पौष्टिक भी होता है। राष्ट्र पिता महात्मा गांधी ने भी बकरी पाल रखी थी और उसके दूध का सेवन भी करते थे।
अगर यह बात है तो मैं कल ही बकरा मण्डी जाकर एक बकरी खरीद लाऊंगा।
सच! तुम कितने अच्छे हो जी।
ही-ही-ही! तू भी बहुत अच्छी है मेरी कचौड़ी।

सुबह को ड्यूटी पर जाने से पहले हवलदार बहादुर बकरा मण्डी पहुंच गये।
ओह! यहां तो बहुत भीड़ है।
हवलदार बकरों के एक झुण्ड के निकट रुके।
ओय, यह बकरी कितने की है?
ही-ही-ही! यह बकरी नहीं बकरा है पुलिस जी!
फिर हमें नहीं चाहिए, लेकिन इन बकरों के गले में यह तावीज कैसे डाल रखे हैं और हार भी हैं।
हार तो बकरे को सजाने के लिए हैं साहब और तावीज उन्हें बुरी नजर से बचाने के लिए हैं। बीमारी और बुरी नजर से अपने जानवरों को बचाने के लिए हम इनके गलों में तावीज डालते हैं।
हवलदार बहादुर आगे बढ़कर एक दूसरे टैंट के निकट पहुंच गये।
ओय, एक बकरी चाहिए हमें।
मिल जाएगी साहब! वह खड़ी है, देख लीजिए।

बकरी तो अच्छी है। कितने में देगा?
आप सरकारी आदमी हैं साहब! आपसे ज्यादा पैसे नहीं लूंगा। पन्द्रह सौ रुपये दे दीजिए।
पन्द्रह सौ। अबे बावला हो गया है क्या? मैंने बकरी की कीमत पूछी है और तू हाथी की बता रहा है?
मैंने बकरी की कीमत ही बताई है साहब! किसी और को देता तो दो हजार लेता। आजकल बहुत भाव चढ़े हुए हैं मण्डी में।
मैं तो सोच रहा था दो ढाई सौ में बकरी मिल जाएगी, इसलिए चम्पाकली से वादा भी कर लिया था। अब बकरी नहीं लेकर गया तो वह मेरा जीना मुश्किल कर देगी।
और साहब, बकरा चोरों ने अलग हमें परेशान कर रखा है। रोज एकाध बकरा चोरी हो जाता है यहां से।
चोरी हो जाता है। अच्छा, आज से हम रोज इधर चक्कर लगाया करेंगे, अगर वह बकरा चोर हाथ आ गया तो हवालात में बंद करके सड़ा दूंगा उसे।
बड़ी मेहरबानी जी!
हवलदार बहादुर जब वापस जा रहे थे।
आंय! यह तो शरीफखान का चमचा गुल्लू है। बकरे खरीदने आया था साला।

बकरा मण्डी से निकल कर हवलदार बहादुर साइकिल लेने मिस्त्री की दुकान पर पहुंचे।
आइये हवलदार जी! आप ही की डिब्बी टाइट कर रहा हूं।
दांत अन्दर रख और काम पर ध्यान दे। अभी तक साइकिल बनाई क्यों नहीं?
बन गई साहब! बस, आधे घण्टे का काम बाकी है। आप बैठिये।
अबे ओय लौंडे। एक चाय ला हवलदार बादशाह के लिए।
चल पी लेते हैं तेरी चाय। तू भी क्या याद रखेगा।
चाय आ गई तो हवलदार ने सुड़कियां लगानी शुरू कर दीं।
साला हवलदार बनता फिरता है और चाय पीने की तमीज नहीं है।
सुड़... सुड़... सुड़...।
तभी —
आंय! यह बकरा तो बहुत तगड़ा है और यह छोकरा बिलकुल फटीचर हालत में है। कहीं यह बकरा चुराकर तो नहीं लाया।
हवलदार तुरन्त उठे और लपक कर उस युवक का रास्ता रोक लिया।
ओय, बकरा कहां से चुरा कर लाया है?
ज... जी... जी... म... मैं।

तुक्का बिल्कुल ठीक लगा था। वह आदमी सचमुच बकरा चुराकर ला रहा था, इसलिए उसने बकरे की रस्सी छोड़ी और—
अबे ओय, रुक... रुक जा।
हवलदार उसकी ओर लपके तो बकरा बीच में आ गया।
धाड़
हाय
फिर उन्होंने उठकर जल्दी से बकरे की रस्सी पकड़ी। इतनी देर में वह आदमी भागकर गायब हो चुका था।
वह चोर था, इसलिए भाग गया। पता नहीं कहां से चुराकर लाया होगा बकरे को। अब मैं इसका क्या करूं?
बकरे की रस्सी थामे वह वापस दुकान पर पहुंचे।
वाह हवलदार जी! जनाब गजब की नजर रखते हैं। एक ही नजर में पहचान लिया कि बकरा चोरी का है।
और क्या? ऐसे ही हवलदार नहीं बन गये हैं हम।
तो अब इस बकरे का क्या करेंगे आप?
इसे थाने ले जायेंगे। जिस किसी का होगा, वहां आकर ले जायेगा।

उनकी साइकिल तैयार हो चुकी थी। बकरे को साथ ले जाने की उन्होंने तरकीब पहले ही सोच ली थी।
ही-ही-ही!
आंय! यह हवलदार है या कार्टून।
हा-हा-हा! जोकर है साला।
तभी बकरे को भी खुराफात सूझी और वह अचानक रुक गया।
अबे...अबे...!
हवलदार सड़क पर आ गिरा।
बकरा पलटकर भागा। साथ ही हवलदार की साइकिल भी चल दी।
अबे ओय, मेरी साइकिल कहां ले जा रहा है।
हा-हा-हा!
ही-ही-ही!
हवलदार बहादुर ने लपककर बकरे को पकड़ा।
अबे, मैंने तुझे एक चोर के चंगुल से छुड़ाया है और तू मेरी ही मिट्टी पलीत करने पर तुला हुआ है। बड़ा गधा है तू।
मैं...मैं...मैं...मैं...

हाय! तूने तो मेरी बात समझ ली। तू तो बड़ा जोरदार बकरा है। देख, अब खाड़ा न लगाइयो, थाने पहुंचकर तुझे ढेर सारी घास खिलाऊंगा। शाबाश! पुच... पुच...पुच...!
मैं... मैं... मैं...।
फिर थाने तक के रास्ते में बकरे ने कोई शरारत नहीं की थी।
यह बकरा तो बड़ा समझदार है। इसके मालिक का तो पता है ही नहीं। क्यों न इसे मैं अपने पास रख लूं। चम्पाकली से कह दूंगा बकरी नहीं मिली, इसलिए बकरा ले आया हूं।
थाने के लॉन में उन्होंने बकरा बांध दिया।
ले भई प्यारे बकरे राजा! तू यहां उगी घास खा और मौज उड़ा। मैं अपनी ड्यूटी बजाकर आता हूं।
हवलदार को वापस जाते देख बकरा बिगड़ गया।
मैं... मैं...।
अबे चुप। मैं थोड़ी देर में तुझे मिलने आ जाऊंगा।
हवलदार बहादुर, खड़गसिंह के कमरे में पहुंचे।
सर! आज मैं ठीक समय पर आ गया हूं।
गुड! अभी कमिश्नर साहब का फोन आया था। वह तुम्हारे बारे में पूछ रहे थे हवलदार बहादुर!

आपने हमारी शिकायत तो नहीं की न साहब?
नहीं। और कमिश्नर साहब ने कहा है कि हम शरीफखान पर बराबर नजर रखें। वह निश्चित रूप से हिरोइन और स्मैक के धंधे में शामिल है। उनको पक्की खबर मिली है कि...
...शरीफखान पाकिस्तान से हिरोइन मंगाता है और उसे यहां बेचता है। यह हिरोइन शायद राजस्थान होते हुए यहां पहुंचती है।
हम तो कहते हैं साहब! उस ससुरे शरीफखान को हवालात में बंद करके सड़ा दिया जाए। साला खुद बता देगा कि हिरोइन कहां रखता है?
उधर बकरे राजा का मन घास खाने से भर गया था, इसलिए उसने अपनी रस्सी चबानी शुरू कर दी।
चपर... चपर...
कुछ ही देर में रस्सी कट गई और बकरे ने आजाद होने की खुशी में तांडव शुरू कर दिया।
फिर थाने के भीतर का रुख किया।
अरे! यह कहां से आ गया?

सिपाही ने उसे पकड़ना चाहा।
धाड़
आई...
ई...
ई...!
बकरा दौड़ता हुआ एक कमरे में घुस गया।
हाय, यह क्या है?
ओय, यह बकरा यहां कैसे आ गया? कौन लाया है इसे
मैं मैं... मैं...
बकरे राजा ने मेज़ पर रखे हुए रजिस्टर का कोना मुंह में दबाया और चबाना शुरू कर दिया।
अबे पकड़ो...रोको इसे।
चपर... चपर...!
शोर सुनकर दो सिपाही दौड़कर आए।
ओह!
उफ!

पकड़ो उसे... वह रजिस्टर ले गया है।
कुछ ही देर में थाने के सारे सिपाही बकरे को पकड़ने में लगे हुए थे और वह शैतान बकरा सबको दौड़ाए हुए था।
पकड़ो-पकड़ो।
घेर लो।
इतने लोगों को एक साथ हमला करते देख बकरा भी मुकाबले पर उतर आया। उसने रजिस्टर छोड़ दिया और—
धाड़
हाय, मेरा घुटना।
हाय मरा।
मैं... मैं... मैं...
शोर की आवाजें खड़गसिंह के कमरे में भी पहुंचीं।
पकड़ो।
घेर लो।
यह कैस शोर है हवलदार?
पता नहीं साहब!

खड़गसिंह उठकर बाहर आया।
आंय! यह क्या हो रहा है?
धाड़
किसका बकरा है यह? पकड़ो इसे।
कड़कदार आवाज सुनकर बकरे ने खड़गसिंह की ओर देखा।
और तुरन्त ही छलांग लगाई।
उफ!
आ...आ...
धाड़
खड़गसिंह को गिराकर बकरा दफ्तर में घुस गया।
अबे, तू यहां क्यों आ गया?
मैं... मैं...!
हवलदार बहादुर को पहचानकर बकरा खुश हो गया।
और इस खुशी में कूदकर खड़गसिंह की मेज पर चढ़ गया।
अबे... अबे... क्या करता है। वह अफसर की मेज है। नीचे आ जा।
चपर... चपर...

हवलदार ने लपककर उसका कान पकड़ लिया और मेज से नीचे उतारा।
तुझे खोल किसने दिया। मैं तो तुझे बांधकर आया था।
यह बकरा तुम्हारा है?
न... नहीं... जी... म... मेरा मतलब है..., हां जी, मेरा ही है। ही-ही-ही!
क्यों लाए हो इसे यहां?
बकरे को खड़गसिंह का शोर मचाना पसंद नहीं आया था। उसने झटका देकर अपना कान छुड़ाया और–
आ...ई...ई...
धाड़
ही-ही-ही!
प... पकड़ो इसे।
हवलदार ने लपककर बकरे को पकड़ लिया, मगर उनकी हंसी रोके नहीं रुक रही थी।
ही-ही-ही!
चुप। गोली मार दूंगा तुझे और तेरे बकरे को।

अरे नहीं साहब! माफ कर दीजिए इसे। पता नहीं था कि आप अफसर हैं। गलती से ठोक दिया आपको।
चुप। दफा हो जाओ इसे लेकर। इस हरकत के लिए मैं तुम्हें सस्पेंड करा दूंगा।
खड़गसिंह बहुत क्रोध में था, इसलिए हवलदार बहादुर ने वहां से खिसक लेने में ही भलाई समझी।
चल, तूने साहब को नाराज कर दिया है।
तुम भी घर चले जाना। कल सुबह तक तुम्हें सस्पेण्ड ऑर्डर मिल जायेंगे।
हवलदार बहादुर बकरे की रस्सी थामे थाने से बाहर आ गये।
इस खुराफाती बकरे ने मुसीबत में फंसा दिया है। अब घर जाकर बताऊंगा कि सस्पेंड कर दिया गया हूं तो चम्पाकली नाराज होगी।
चम्पाकली उनके साथ बकरे को देखकर पहले तो खुश हो गई।
ओह! बकरी ले आए?
ही-ही-ही! बकरी नहीं बकरा है यह।
बकरा! इसका हम क्या करेंगे? तुम्हारी अक्ल खराब हो गई है। मैंने तो बकरी लाने को कहा था?
अब इसे ही पाल ले। बकरी तो मिली नहीं।

बकरे राजा ने आजाद होते ही चारपाई पर मुंह मारा।
अरे पकड़ो इसे। मेरी चारपाई खा रहा है। हिश..., हिश...!
चपर... चपर...
बकरे राजा को चम्पाकली की हरकत बिल्कुल पसन्द नहीं आई और–
हाय मरी, सत्यानाश हो जाए इस बकरे का।
धाड़
ही-ही-ही! यह बहुत समझदार बकरा है रानी! बदतमीजी सहन नहीं करता। खड़गसिंह को भी ठोककर आया है।
यह मेरे घर में नहीं रहेगा।
बावली हो गई है क्या? ऐसा समझदार बकरा मिलना मुश्किल है। मैं तो इसे अपना अंगरक्षक बनाने की सोच रहा हूं।
अंग रहेंगे तो उनकी रक्षा कराओगे न। अभी बेलन लाकर तुम्हारे अंग और अंगरक्षक की खबर लेती हूं।
अरी नहीं भाग्यवान! बेलन वहीं रहने दे, अगर तू कहती है तो मैं इसे देकर बदले में बकरी ले आऊंगा।
तो अभी जाओ। मैं इस मुए को एक मिनट भी अपने घर में नहीं रखूंगी।

अच्छा जाता हूं, मगर यह वर्दी तो उतारने दे। पुलिस वाला बकरे के साथ घूमता हुआ अच्छा नहीं लगता।
पुलिस वाला बेलन से पिटते हुए भी अच्छा नहीं लगता। जल्दी कपड़े बदलो और इस सत्यानाशी को लेकर निकलो यहां से।
थोड़ी देर बाद—
चलो बकरे राजा। तुमने हमारी रानी को भी नाराज कर दिया है। अब तुम्हें बकरा मण्डी में छोड़कर बदले में बकरी लायेंगे चम्पाकली के लिए।
कुछ दूर आकर—
आज तो दोपहर का खाना भी नसीब नहीं हुआ। पहले खाना खाता हूं यहां।
दारा का ढाबा
अबे ओ, होटल में जानवरों को साथ लाना मना है।
ओय, यह कोई तमीज है बात करने की।
नाराज न होइये साहब! मैं आपसे नहीं बकरे से बात कर रहा था। ही-ही-ही!
बकरे से? तो फिर जानवर किसे कहा, मुझे? अबे, तू जानता है मैं कौन हूं?

अगर तू लाट साहब भी है तो भी बकरे को लेकर मेरे ढाबे में नहीं घुस सकता। चल फूट यहां से, वरना तेरे इस बकरे का कोरमा बना दूंगा मैं।
और मैं तुझे हवालात में बंद करके सड़ा दूंगा साले।
तेरी तो...!
ढिशुम
आह!
अब भला ढाबे वाले को क्या पता था कि वह सचमुच के हवलदार थे।
बकरा घबरा गया और एक तरफ को दौड़ लिया।
आह! अबे रुक जा... रुक।
हवलदार को भी वह काफी दूर तक घसीट ले गया था।
बड़ी मुश्किल से उन्होंने बकरे को रोका।
साले, तू भी मेरा दुश्मन है। खड़कर रख दिया, अगर तू न भागता तो मैं उस ढाबे वाले की खाट खड़ी कर देता।
मैं...मैं... मैं...
ढाबे वाले से दोबारा भिड़ने का विचार छोड़कर हवलदार बहादुर ने बकरा मण्डी का रुख किया।
अब देखना यह है कि इसके बदले में कोई बकरी देगा या नहीं?

अचानक वह चौंके।
ओह! शरीफरवान और उसका चमचा।
शरीफरवान का चमचा सुबह भी दो बकरे ले जा रहा था। क्या यह भी बकरों का कारोबार कर रहे हैं।
तभी एक व्यक्ति निकट आकर रुका।
ओ भाई! यह बकरा बेचना है क्या?
ग्राहक मिल रहा है तो बेच देता हूं।
हां जी, बेचना है।
क्या मांगते हो?
एक बकरी... म... मेरा मतलब है, दो हजार रुपये।
पांच सौ लेने हैं?
अबे चल फूट पांच सौ में तो बकरे का बच्चा भी नहीं मिलेगा।
और वह आगे चल दिये...
...और उसी टैण्ट पर पहुंचे, जहां सुबह बकरी देख गये थे।
पहचाना मुझे, सुबह बकरी लेने आया था।
पहचान लिया जी! आप पुलिस वाले हैं। कितने का लिया बकरा?

अब तो यह पूछो भाई कि कितने का बेचना है। हमें इसके बदले बकरी चाहिए। तुम वह बकरी हमें दे दो और बदले में इसे रख लो।
वह बकरी तो बिक गई साहब!
अगर बकरी न बिकती तो फौरन बदल लेता। यह बकरा तीन हजार से कम का नहीं जाएगा।
बिक गई। अच्छा, मैं कहीं देखता हूं।
सुनिए साहब! अगर आप कल सुबह तक रुक जाएं तो मैं आपको बकरी दे सकता हूं। रात को मेरा माल आने वाला है।
हवलदार बहादुर तो बकरे से पीछा छुड़ाना चाहते थे। खुश होकर बोले —
हां-हां, मैं कल सुबह बकरी ले लूंगा। लो, इस बकरे को तुम ही रख लो।
ठीक है साहब! कल सुबह आकर बकरी ले जाइये।
हवलदार बहादुर घर वापस आ गये।
बकरी कहां है?
कल सुबह ले आऊंगा। अब तू मुझे जल्दी से खाना दे दे। बहुत भूख लगी है।

अगली सुबह हवलदार बहादुर फिर बकरा मण्डी पहुंच गये।
आंय! कल यह चार बकरे लेकर जा रहे थे और आज वापस ला रहे हैं।
यह साले यहां से बकरे चुराकर ले जाते होंगे और फिर दूसरे दिन यहीं लाकर बेच देते होंगे। अभी देखता हूं।
और हवलदार बहादुर उनके पीछे चल दिये।
शरीफखान और गुल्लू सीधे उस टैण्ट पर पहुंचे, जिसका मालिक एक राजस्थानी व्यक्ति था।
इस टैण्ट पर तो कल मैं भी बकरी ढूंढ़ने गया था।
अरे! वह तो टैण्ट के भीतर जा रहे हैं।
तो यह इधर-उधर से बकरे चुराकर इस राजस्थानी व्यापारी को बेचते हैं। इनकी बातें सुननी चाहिए।
चक्कर काटकर वह टैण्ट के पीछे पहुंच गये।

और फिर भीतर से आती शरीफखान की आवाज सुनकर वह बुरी तरह चौंके थे।
बकरों के जरिये हिरोइन लाने का हमारा तजुर्बा कामयाब हो गया है।
हां उस्ताद! किसी ससुरे को शक भी नहीं हो सकता है कि राजस्थान से आने वाले बकरों के गले में पड़े तावीजों में हिरोइन भरी होती है।
कल मैं तो डर ही गया था शरीफ भाई! एक हवलदार यहां बकरी खरीदने आया था। मैं समझा उसे शक हो गया है। खैर, वह तो चला गया, मगर आज तुम सारा माल यहां से उठा लो।
ठीक है। आज हम दोनों चार-चार बकरे ले जायेंगे और माल निकालने के बाद वापस पहुंचा देंगे।
हवलदार बहादुर तुरन्त ही वहां से हटे और तेज चलते हुए मण्डी से बाहर आए। सामने ही एक फोन बुथ था।
PUBLIC CALL
उन्होंने पुलिस स्टेशन का नम्बर मिलाया। तुरन्त ही खड़गसिंह का स्वर सुनाई दिया।
इंस्पेक्टर खड़गसिंह स्पीकिंग।
दिस इज हवलदार बहादुर स्पीकिंग फ्रोम बकरा मण्डी सर!
'बकरा' शब्द सुनते ही इंस्पेक्टर खड़गसिंह बिदक गया।
शटअप... अगर आज तुम कोई बकरा लेकर थाने आए तो गोली मार दूंगा।
और उसने रिसीवर वापस पटक दिया।

खड़गसिंह की ओर से निराश होकर हवलदार बहादुर ने कमिश्नर साहब का नम्बर मिलाया और शुरू हो गये।
सर! मैं हवलदार बहादुर बोल रहा हूं। अगर आप शरीफखान को रंगे हाथों पकड़ना चाहते हैं तो फोर्स लेकर तुरन्त बकरा मण्डी पहुंचिये सर!
बकरा मण्डी क्यों?
यह समय सवाल पूछने का नहीं है सर! अगर देर हो गई तो शरीफखान माल लेकर निकल जाएगा। आप तुरन्त आ जाइये।
अच्छा, मैं आ रहा हूं।
दस मिनट में कमिश्नर साहब पुलिस दल के साथ वहां पहुंच गये।
कहां है शरीफखान?
हवलदार बहादुर की अगुवाई में उस टैंट पर छापा मारा गया।
हैण्ड्स अप!
ओह!
मर गये।
इन तावीजों में हिरोइन भरी हुई है साहब!
दिखाओ मुझे।
तावीज में सचमुच हिरोइन भरी हुई थी।
शाबाश हवलदार बहादुर! तुमने इन चालाक अपराधियों को पकड़वाकर बहुत बड़ा काम किया है।
ही- ही- ही!

अपराधियों को पकड़कर थाने लाया गया।
सर!
इंस्पेक्टर! तुम्हारे हवलदार ने आज फिर एक कारनामा अंजाम दिया है।
कमिश्नर ने इंस्पेक्टर को सारी बातें विस्तार से बताई थीं।
शरीफखान बहुत चालाक व्यक्ति है इंस्पेक्टर! पाकिस्तान से राजस्थान बॉर्डर पार करके जो हिरोइन मंगाई जाती थी, उसे यहां तक लाने का उसने यह तरीका खोजा था। आजकल राजस्थान से बकरों को यहां बेचने लाया जा रहा है। उन्हीं बकरों के द्वारा शरीफखान की हिरोइन भी यहां पहुंच रही थी।
हवलदार बहादुर को इन लोगों पर शक न होता तो यह लोग कानून की पकड़ में न आते।
मगर इस उल्लू के पट्ठे को कैसे शक हो गया?
ही-ही-ही! पाठको! आप तो जानते ही हैं, इस बार हमारा तुक्का कैसे भिड़ा? अब हम खड़गसिंह को क्यों बताएं कि यह सब तो बकरे राजा की करामात थी! ही-ही-ही!
○ समाप्त ○

आगामी आकर्षण
हवलदार बहादुर और काले जल्लाद
सड़ाक
सड़ाक
अपनी प्रति आज ही सुरक्षित करा लें।

क्यों पाठको, पहचाना कौन है चम्पाकली की गोद में? अगर नहीं, तो हम बताते हैं। यह हैं आपके प्रिय हवलदार बहादुर। क्यों, हो गए न हैरान? कैसे हुआ यह? जानने के लिए पढ़ें 'कीप साइलेंस' का उल्लंघन करता और हास्य की सभी सीमाओं को तोड़ता हुआ विशेषांक—

हवलदार बहादुर और डा. सूपड़ा

पहचानिए—हवलदार बहादुर के कॉमिक्स के खलनायकों को